순한 먼지들의 책방

창비시선 498
순한 먼지들의 책방

초판 1쇄 발행/2024년 2월 15일
초판 2쇄 발행/2024년 4월 15일

지은이/정우영
펴낸이/염종선
책임편집/한예진 박문수
조판/박지현
펴낸곳/(주)창비
등록/1986년 8월 5일 제85호
주소/10881 경기도 파주시 회동길 184
전화/031-955-3333
팩시밀리/영업 031-955-3399 편집 031-955-3400
홈페이지/www.changbi.com
전자우편/lit@changbi.com

ISBN 978-89-364-2498-5 03810

순한 먼지들의 책방

창비

차
례

제1부

제2부

제3부

제4부

제1부

햇살밥

저이는 어찌 저리 환할까 기웃거리다가, 드디어 비결을 찾았어요. 날마다 맑은 햇살 푸지게 담아 드시더군요. 설거지한 그릇 널어 바짝 말리고는, 마당 그득히 쏟아지는 햇살 듬뿍듬뿍 받는 거예요.

햅쌀보다 맛나고 다디단 햇살들을요.

봄에는 봄 햇살, 여름에는 여름 햇살, 가을 겨울에는 갈겨울 햇살, 그릇에 넘치겠지요. 구름 그림자 놀다 가고 바람은 자고 가고 꽃 냄새, 두엄 냄새는 쉬었다 가겠지요.

이보다 영양가 높은 곡식 달리 더 있을까요. 아무리 비우고 비워도 또 고봉으로 쌓이지요. 위봉산 넘어온 저 햇살들, 자연의 찬란한 햅쌀들.

함께 사는 소양이하고만 먹기 아까워서 여기저기 기별합니다. 냥이야 제비야 집 나간 모란아, 밥 먹으러 와. 내가 맛있는 햇살밥을 지었단다.

입동

큰 그림자와 작은 그림자가
나란히 뜀박질 중이다
앞서거니 뒤서거니 소란스럽다
나뭇잎들은 추워 옹송그리지만
아랑곳없이 시끄럽고 화창하다
작은 가방 멘 큰 그림자가 도망가고
빈손의 작은 그림자 까르르 쫓아간다
유치원 가기 싫은 큰 그림자를
작은 그림자가 밀고 가는 것일까
큰 그림자 따라붙는 작은 그림자가 바쁘다
신이 나 달려가던 작은 그림자,
멈칫 서더니 삐뚤빼뚤 되돌아온다
아이쿠나, 에나멜 분홍신 한짝이 벗겨졌다
신으려던 분홍신을 불빛이 꿰뚫어오자,
작은 그림자 옆으로 홱 밀어젖히고
큰 그림자는 하얀 스프레이로 남았다
봄부터 입때까지 그림자들 날마다 이러고 있다
반복하고 반복다보면 철없는 분홍신이
혹 벗겨지지 않을 날 올지도 몰라 하고.

이순의 저녁

둘은 모녀간일까. 길가에 놓인 운동기구를 타며 정답게 속삭이고 있다. 지나가던 내 귀가 주욱 늘어나 두 사람 주변을 서성인다.

이따 집에 가서 전 부쳐 먹자. 비도 설핏 다가들고. 엄마, 여기 오기 전에 저녁 드셨는데? 고기에다가 맛있게. 내가? 내가 밥을 먹었어? 근데 왜 이렇게 배가 고프냐.

들은 말들을 되새김질하는 것일까. 걷는 내내 접힌 귀는 우울에 빠져 있었다. 집에 다 와가는데도 처져 있어 귀에게 전했다.

집에 가서 전 부쳐 먹을까? 귀찮다는 듯이 귀가 달싹인다. 환영이야.

환영과 환영* 사이 갈림길에서 서늘해졌다. 안녕과 불안이 동시에 튀어나온다.

* 늘그막의 환영(歡迎)에는 환영(幻影)이 따라다닌다.

하굣길

사위가 어둑어둑해질 무렵 용기 아버지가 거적때기에 뭔가를 둘둘 말아 바작에 지고 귀신 나온다는 판소뫼등까지 걸어왔다. 면 소재지에서 만화책 뒤적거리다 해찰한 나는 희끗한 그가 너무도 반가웠으므로 발랄하게 물었다.

뒤야지 폴러 가시는교? 용기 아버지는 당황해서 어쩔 줄 몰라 하시다, 저물었는디 얼렁 들어가라. 가뿐해 보이는 지게 멜빵을 거머쥔 채 휘청거렸다. 용기네 막둥이가 숨 놨다는 소문이 며칠 동네를 떠돌다 닭털처럼 가라앉았다. 그뿐이었다.

내가 용기 아버지 나이쯤 되어서야
그 황망한 날의 속울음이 차올랐다.

유성으로 떠서

뒷방고모는 밤 깊어 한시쯤 되면 꾸물꾸물 일어나 아궁이에 불 지피는 시늉을 한다. 낯빛 창백하다. 이때를 기다렸다는 듯 하루살이 같은 것들, 부끄러운 거미들, 물결무늬다리 벌레들, 파닥거리거나 고물거리는 희한한 종족들이 줄줄이 몰려와 불을 쬔다. 세상 나른한 표정들 아닐까. 보이지는 않지만 그런 느낌으로 고모 곁에서들 쉴 것이다. 무질서한 듯하나 가지런하기는 해서 멀찍이에서 보면 풀꽃 같기도 하고 서숙타래 같기도 하다. 뿔뿔이 흩어지면 징그러운데 어쩜 이리 앙증맞을까. 감탄하고 있을 즈음 조각 불빛 환하게 피어오른다. 고모 주변이 화광으로 밝게 빛나는 것이다.

언젠가 소피보러 나온 할머니가 이를 보고 깜짝 놀라 찬물을 끼얹었다. 큰불 낼 년이라며 고모를 뒷광에 가두었다. 고모는 그뒤 슬금슬금 지워졌는데, 저 화광을 타고 무한계로 가지 않았을까. 고모 움직일 때마다 하늘이든 땅이든 땅속에서든 스스스 뒤따르던 저 여린 종족들도 함께.

날 보기만 하면 눈 질금 감았다 뜨며 너구나, 입 헤벌어지던 뒷방고모 에린이 고모.

오늘 저녁에도 유성으로 떠서 후미지고 할퀴인 곳 어디든 쐐에, 약손 적시리.

하얀 저고리

그 앞은 피하고 싶으나 돌아가기 어려워요. 집에 가는 길 딱 가로막고 있지요. 독바우는. 독바우 가까이에 이르면 습관처럼 눈을 감거나 고개 숙여 내달립니다. 내동 잠잠하다가도 독바우만 떠오르면 하얀 저고리가 나풀거려요. 왜 하필 그 각시는 독바우 소나무에 목을 맸을까요. 독바우에 올라 누구를 목 빼고 기다렸을까요. 눈을 감아도 귀를 막아도 하얀 저고리는 내 목을 스칩니다.

어느 때는 키득거리고 어떤 날은 흐느끼지요. 비나 눈이 내릴 적에는 머리꼭지가 곤두섭니다. 대낮에도 발목까지 하얀 저고리가 휘감아와요. 와아아, 하나도 안 무섭다아. 있는 힘껏 목청 돋우며 내뺄 수밖에는 없지요. 동네에 버스가 들어오면서 독바우는 통째로 지워졌어요. 깃들일 곳 없는 하얀 저고리도 사라졌지요.

어머니 묘를 이장한 다음 날 밤이었던가요. 오십년도 훌 넘어 하얀 저고리가 찾아왔어요. 발밑에는 독바우까지 착실히 매달았지요. 집에 가자. 우리 집에 가자. 하도 간절해서 어머니처럼 들쳐 업었지요. 첨에는 무겁더니 점점 가벼워졌어요.

마치 다른 사람이 된 것처럼
오늘이 가뿐합니다.
그는 이제 여기서 나를 살고
나는 가서 그를 살게 되는 걸까요.

늙은 감나무의 새끼발가락

세상에 좀 부딪치셨나 봐요.
담적도 쌓였구요.
신간은 아주 너덜너덜하네요.
옆구리도 새는군요.
깊게 헐어서 때울 수 있을지 모르겠습니다.
잘 버티셨습니다만 수선비가 만만찮겠어요.
감당하실 수 있을까요.
눈과 귀는 견적이 안 나옵니다.
무엇을 보느라 그랬을까요.
각막을 갈아 끼워야겠는데요.
맞는 게 있을까 싶습니다.
귀는 거의 삭았군요.
새것으로 바꾸는 게 나을 듯합니다.
비싸긴 해도 선명히 들릴 거예요.
늙어서는 귀가 순해야지요.
거스르면 외톨이로 거꾸러지기 쉽습니다.

하얀 가운의 바람이 내미는 견적서 들고 감나무는 속으로 따져봅니다. 도저히 맞출 수 없으니 폐기되는 게 낫지 않을까, 머릴 굴리는데요. 때마침 새끼발가락에서 간지러움이 움터옵니다. 희유, 땅심이 다시금 그의 한 생애를 받쳐주려 하는 거겠지요.

뻐꾸기시계

경주에게

아내 임종을 못 지켰어요, 형. 옷 갈아입으러 돌아와 신발 벗는 참에, 숨 놓을 것 같다는 전갈이 당도하더군요. 이승에서의 그녀 시간을 확인하고 싶었을까요. 오열을 참으며 아내 손때 묻은 벽시계를 바라봤지요. 오후 다섯시 오십오분입니다.

부리나케 나가는데 등이 뜨끈해졌어요. 누굴까, 뒤돌아보니 시계가 깔딱거리는 중입니다. 아내와 함께 적멸인가, 잠깐 아득했지요. 묻을 수도 없고 내다 버릴 수도 없는 뻐꾸기시계, 참담하게 늘어진 며칠이 지나 가만히 쓰다듬었는데요. 얘가 느릿느릿 움직이는 거예요. 오랜 슬픔에 잠겨 있다 깨어나기라도 한 것처럼, 제 딴에는 부지런히 손발을 놀립니다. 이 시계는 혹 알지 않았을까요. 한 사람이 생을 지워 또다른 시간 속에 접어들었음을. 그리하여 이제는 갈라진 우리의 시공간을 한꺼번에 껴안고 돌아가는 것 아닐까요.

가끔씩 정시도 아닌 때 튀어나와 울어대는 건
뻐꾹뻐꾹, 아내가 보내는 안부일 테지요.
그때마다 작은애는 엄마가 돌아왔다고 호들갑이고

큰애는 저거 맛이 갔으니 갖다 버리라고 성화지만요.

순한 먼지들의 책방

여기저기 떠다니던 후배가 책방을 열었어.
가지 못한 나는 먼지를 보냈지.
먼지는 가서 거기 오래 묵을 거야.

머물면서 사람들 남기고 가는 숨결과 손때와 놀람과 같은 것들 섞어서 책장에 쌓고는, 돈이나 설움이나 차별이나 이런 것들은 걷어내겠지. 대신에, 너와 내가 사람답게 살기 위하여, 지구와 함께 오늘 여기를 느끼면서, 나누는 세상 모든 것과의 대화는 얼마나 좋아, 이런 속엣말들 끌어모아 바닥이든 모서리든 책으로 펼쳐놓겠지.

그려보기만 해도 뿌듯하잖아.
지상 어디에도 없을,
순한 먼지들의 책방.

(혹시라도 기역아 먼지라니, 곧 망하라는 뜻이냐고 언짢을 것도 같아 살짝 귀띔하는데. 우리가 먼지의 기세를 몰라서 그래. 우주도 본래 먼지로부터 팽창하고 있다고 하지 않던.)

꽃잎 풍장

하얀 할머니 이승 떠날 때는 가뿐했다.
붉은 놀이 살갗에 닿자
화악,
흰 세포로 당겨져 공중에 흩어졌다.
단출하고 당당한 행장이었다.
마치 눈발처럼 천지 사방으로 스미어
훌훌훌,
평생의 경륜을 퍼뜨리실 것이다.
세상에, 별리가 이처럼 자연스럽다니.
애초부터 그렇게 정해져 있었다는 듯 말끔했다.
하늘로 뻗은 빈 가지가 탱탱해진다.

징후들

아침에 눈을 뜨자마자
눈이 아프고 귀가 울린다.
형벌인가.
봐야 하는데 못 본 것인가.
보고도 못 본 척한 것인가.
따져보고도 싶지만
우선 아프니 뭐든 다 인정할게요.
두 손 번쩍 들고 만다.

귀는 왜 울어요, 묻지 않는다. 잘못 알아들은 게 수백번은 될 게다. 못 들은 체 외면한 사정들은 또 얼마나 숱한가. 귀가 운다고 감히 말릴 수 없다. 멍하니 눈 열어 보고 듣다가 눈 감고 귀 닫고 나와 베란다를 서성인다. 왜 그럴까. 눈과 귀라는 감각기관을 움켜쥔 이물감은 고요할수록 기승을 부린다.

이제 더이상 적막은 없다. 누군가의 고요와 무엇인가의 적막을 아랑곳없이 마구 할퀴었을까. 그들의 상심이 고저를 타고 내게로 와 눈은 서걱거리고 귀는 쎄하게 앓는다. 나무와 풀과 물과 바람은 아니겠지. 복수 대상이 될 만큼 난 그이들 괴롭히진 않았으므로. 혹시 명이거나 정이거나 그런 이름들일까. 깊은 생채기가 남았을까.

너무 늦어 돌이키지 못한다고 하더라도 눈과 눈, 귀와 귀 맞대고 속삭이고 싶다. 호, 하고 불어줄게. 말끔히 사라지지는 않겠지만 좀 낫지 않을까. 입김이 채 마르기도 전에 눈엔 비문(飛蚊)이 떠다니고 귀는 떠르르 울린다. 아닌가 하고 숨 고르는 새, 혁명은 심장에 있다*고 당신이 울부짖는다. 살구꽃 그늘 고이는 토방 마루에 앉아 꽃 타령이나 하려던 눈과 귀가 씰룩인다. 분분히 날리는 꽃잎처럼 터지는 살육들,

잊지 않기 위하여.
받아 적기 위하여.
차마 부끄럽고 서투른 항거일망정
눈과 귀가 어지러운 건 이 뜻이었구나.

* 미얀마 저항 시인 켓티의 말. "혁명은 심장에 있다"는 내용의 시를 발표하고 난 뒤, 오래잖아 그는 심장 없는 시신으로 발견되었다.

누군가 목덜미를 쓰다듬어주는 것처럼

청계동 벗어날 때마다 느끼는 것인데 언제나 등 뒤가 따뜻하게 젖는다.

누군가 목덜미를 가만가만 쓰다듬어주는 것처럼.

나는 그게 내 핏줄이 보내는 안쓰러움인 줄로만 여겼으나,

어느 날 놓고 온 짐 꾸러미 챙기러 동구 밖 다시 나서다 알았다.

어여, 댕겨와. 그랴, 맞아. 댕겨와. 댕겨와.

말라버린 우물과 은근히 반짝이는 장꽝 사금파리들, 그늘로 가라앉은 숱한 파문들, 그 자체로 사랑이면서 사랑을 베풀지 못했다고 자책하는 가쁜 숨결들, 달싹이는 속말의 울음기가 고샅길 여기저기 얼비치고 있었다.

옴팍한 동네가 태초의 품속 같았다.

한밤중에만 들렀다가 유령처럼 사라지는데도.

귀성객

행촌아자씨 아니셔? 나요, 살구남댁. 나 몰라요? 살구낭구 집이라니께. 아니, 뭘 빤히 쳐다만 본디야. 내 얼굴에 머시 묻었다요? 아이고머니나, 혹시 귀잡쉈어? 이런 변이 있나. 어쩌다가 이리 되셨다요. 일생을 버럭버럭 고함만 쳐서 그런가.

행촌아짐은 잘 계시제요? 어치케 됐다고요? 오마나 오마나, 하늘나라 가셨구만이라. 나보담도 아랜디 워찌 그리 급했을까이. 행촌아짐 몫꺼정 잘 사셔야 헐 텐디, 귀잡숴서 큰일이요. 점심은 드셨다요? 어쩔끄나, 식전인갑네. 시방까장 멋 허니라고 안 잡쉈다요. 부처님 가호로 남은 생 그저 신간편케 사시쇼이. 지나고 본께 죽고 사는 거시 암것도 아닙디다. 아자씨도 글제요?

아고, 파란불이 깜짝이는갑소. 건너가야 허는디 발이 더디요. 저 줄백이 넘는 거시 요단강 건너는 거맹키요. 그나저나 아자씨 낭중에 올라가서 마나님 워찌 만난다요. 눈이라도 크게 뜨고 계시쇼이. 귀 어두우니 눈이라도 밝아야제. 행촌아짐 같은 짝 천지간에 없을 것이요. 나사 지랄맞은 영감탱이 절대 피하겠제요마는.

망초꽃만 환해요

아침에 집 나간 사람이
밤이 되어도 돌아오지 않아요.

대문은 삐걱거리며 고개 내밀어 골목길 더듬고
창문들은 한사코 어긋나게 틈을 벌려놓지요.
불이란 불은 다 꺼져 어둠에 뭉개졌지만
다들 집 앞 가로등 피어날 때를 숨죽여 기다립니다.
밤이 깊어도 귀가하지 않는 사람을
애타게 부르던 이는 또 어디로 갔을까요.

형체도 없는 그림자들 슬금슬금 모여드는지
정신 나간 가로등이 흐릿하게나마 깜박거립니다.
욕실의 눈과 귀는 온통 가로등에게 쏠리고
부엌이 부스럭거리며 깨어나 헛밥을 안치네요.

바람의 기척조차 메말라 기울어지는 빈집.
망초꽃들만 돌아와 눈 시리게 번져갑니다.

제 2 부

너머의 세계

소와 돼지 수백만마리가 산 채로 땅속에 묻혔다.
닭과 오리 수천만마리도 땅 밑으로 끌려 들어갔다.
아무런 죄책감도 없이 사람들은 지상에 남은 동물들,
싱싱한 살과 뼈를 열심히 발라 먹고 끓여 먹었다.

지하 깊은 곳을 허우적이며 울부짖다가 매몰자들은 드디어 공간을 찢었다. 찢긴 공간은 뜻밖에도 광활해서 살아가는 데 큰 어려움이 없었다. 서로가 빛이었고 공기였으며 먹이였다. 내가 너를 먹고 네가 나를 받아먹었다. 더이상 쫓길 일이 없었음에도 언제나 바지런했다. 각각의 맘과 맘이 이어져 너그럽고 낙낙했다. 세대와 세대를 넘어 그들은 오랫동안 화평했다.

사람 같은 형체들이 찢긴 공간으로
우 쏟아져 내리기 전까지는.

지상에서 무슨 일이 벌어졌는지 떨어진 인체들 몰골이 끔찍했다. 희끗희끗 풍화된 주검들은 철사에 꿰인 것처럼 여기저기 구멍이 숭숭 뚫려 있었다. 바람 한점 불지 않는데 그

속에서 피리 소리가 흘러나왔다. 잠시 혼란에 빠졌던 매몰자들은 이윽고 돌아갈 때가 되었음을 직감했다.

동백이 쿵,

쿵쿵 떨어졌다. 한밤중에.
그 진동 어마어마하여 화들짝
깨어나 민박집 마당으로 나간다.

여진은 없다. 붉은 꽃숭어리들 여기저기 다소곳이 앉아 있을 뿐. 마치 소피보는 것처럼. 미안해요, 일 보세요. 속으로 민망해하며 눈 돌렸으나. 저 꽃들 이미 여길 벗은 전신들, 무슨 순환이 더 필요하겠나.

쭈글치고 앉아 한분 한분 토닥였다.
사느라 애썼다고, 가서 편안하시라고.
꽃이라고 하여 어찌 고통이 없겠는가.
땅은 썩어가고 햇볕이 불덩어리라면.
나오느니 신음인데 하염없이 목은 탄다면.

환멸을 견디느라 물든 심장들 어루만진다. 붉게 젖은 슬픔이 손바닥 타고 올라 퍼진다. 떨리는 입 들어 하늘에 고하려다 접는다. 찬찬히 둘러보니 다들 묵언참선 중. 꼿꼿이 말라가며 심은 발원들 환히 맺히소서. 한걸음 물러나 읍하고 들어오는데 시큰한 향이 방 안까지 따라와 고물거린다.

본래 없던 향기마저 터뜨려 경각 들추는
꽃들, 저 꽃들에게 나는 무엇일까.

바람의 계단

내려가는 계단을 처음 만난 바람은 주춤거린다. 앞발은 내밀어봤자 허공을 휘젓고 말 뿐. 낑, 하고 도리질 치면서 궁둥이를 뭉갠다. 생각은 벌써 밑바닥까지 도달해 있으나 코 박고 나동그라지는 스스로가 자꾸 보인다. 후들후들 떨리고 가슴이 벌렁거려 도저히 앞발을 뗄 수가 없다. 뒤에서 무언가가 꼬리를 잡고 끌어당긴다.

누구야? 누가 나를 못 가게 막는 거야?
바람은 괜스레 흰소리 치며 슬며시 뒷걸음질이다.
호기심만 혼자 엉금엉금 기어 내려가 헛것을 매만진다.
계단 흐려지는 어스름 속에서 한숨은 아슬아슬 얹히고.

가만히 지켜보던 용기가 몸을 낮추어 기어가는 자세를 취한다. 계단을 한 손으로 짚은 뒤 바람을 바라본다. 사지를 간신히 추스른 바람은 덜덜 떨며 용기를 따라 한다. 앞발이 계단에 닿는다. 꽁무니를 빼려 뒤로 뻗대던 뒷발도 따라온다. 옳거니. 한 계단을 내려왔다. 용기는 다른 손으로 다음 계단을 슬며시 밟는다. 바람도 자신 있게 앞발을 내리고 뒷발마저 뗀다. 순간, 온몸이 기우뚱 앞으로 쏠리더니 밑으로 빨려

든 관성이 한사코 내달린다. 뇌수가 온통 빠져나갈 것처럼.

바람의 좌절이 극점에 이르렀을 때
붕 떴다가 날아 내렸다.
계단이 꼬리를 사리고 주저앉는다.
바닥은 평등하다.

고요야 까마귀야

밤새 큰 눈이 내렸다. 집과 길, 여기와 저기의 분별을 지웠다. 풍경들은 다만 새하얗고 평퍼짐한 경계선을 그릴 뿐, 그 무엇도 딴 소리를 내지 않는다.

말라비틀어진 장미도 얽혀 있는 전깃줄도 추위에 떨던 허기도 다 단란하게 가라앉아 고요라는 한 음질로 차분하다. 날카로운 작설(雀舌)조차 착실하게 평화롭고.

그러니 까마귀야, 철없는 바람아.
네 눈과 귀가 함께
보고 들은 풍문*은 정녕코 묻어놓아라.

천연(天緣)을 앓다 어느 날 갑자기 우두둑,
지구가 통째로 뒤집힌다고 해도.

* 최근 3년 동안의 풍문 아닌 풍문을 살짝 털어놓을까. 2021년에는 중동 지역의 사막에 폭설이 쏟아졌고 독일 라인강은 백년 만에 대홍수를 일으켰으며, 2022년에는 에티오피아, 케냐, 소말리아에 극심한 가뭄이 들어 살아 있는 것들 목숨이 위태로웠다. 2023년에는 튀르키예와 시리아 지역 대지진으로 2023년 2월 25일 현재 오만여명이 목숨을 잃었다.

훨훨

애비야, 이제 맘 편히 넘어갈 수 있을까. 황급히 도망쳐 나온 저기 저 내 집. 아니, 혼령들이 넘지 못할 데가 어디 있어요. 얼마든지 가세요. 지금이라도 괜찮아요. 총 맞으면 어떡하라고. 그때 총 맞은 사람들 모습이 아직도 생생해. 피 철철 흘리고 반쪽이 떨어져 나가고. 대통령도 넘어가서 북쪽의 수령을 만나는 판인데요. 염려 말고 다녀오세요. 아니, 거기 그냥 눌러사세요. 기별하면 저희가 찾아갈게요. 황해도는 지척인데요.

애비 눈에는 안 뵈지? 저 철책 위에 첩첩이 쌓여 널린 귀신들. 낡고 삭은 혼령들이 구름처럼 퍼져 있어. 여차하면 곧바로 달려갈 태세지만 저렇게 평생을 또 기다리다 늙어갈 거야. 혼령들도 옭매여 있거든. 현실이 풀려야 저들도 풀려. 세상에, 뭐가 그리 힘이 센데요. 생과 사를 틀어쥔 게 도대체 뭐랍니까. 빨갱이라는 낙인. 그거는 저승까지 따라와. 죽은 자들 텅 빈 심장도 졸아들게 한다고. 그러니 알겠지. 저것부터 없애야 해. 이제 훌훌 날아가고 싶어, 내 고향. 살아서는 입도 떼지 못하던 그곳 연백평야에.

그럼요, 어머님. 당장 가셔야지요. 하지만 총보다 무섭다는 빨갱이라는 손가락질, 그 철벽부터 깨라는 말씀이시지요. 생각의 자유 도려내는데 어찌 평화겠어요. 떠올리기만 해도 오금 저립니다. 차라리 어머님, 우리가 먼저 박차고 나갈까요. 영령조차 가로막는 모든 굴레 부숴버리라고.

날 선 감시에 베이고 찢기더라도
앞으로 앞으로.
훨훨 나는 저 두루미들처럼.

개운죽 제금나다

사철 푸른 대나무처럼 살라고 고모가 내게 선물해준 개운죽. 가지 하나가 똑 떨어졌다. 책이 무거운 지혜를 견디지 못해 하강하다 가지를 붙잡아 뜯어버린 것. 횡액을 당해 어리둥절 나동그라진 가지를 달래어 물컵에 담았다. 물이 탁해질까봐 갈아주길 서너차례. 가지 아랫도리에서 두가닥 수염이 돋았다. 간지러운 듯 가지가 몸을 떨어 그 파동으로 물컵이 흔들려서야 알았다. 잘 여며 기억하라는 뜻이구나 하고.

수염은 날로 늘어져 물속을 탐색하더니 뿌리 구실을 할 만큼 굵어졌다. 어제는 저기요, 하고 물컵을 두드려 튼튼한 장딴지와 몸피를 부풀려 보였다. 마치 제금날 집을 구하라는 듯이. 물과 흙은 전혀 다른 세상인데 살아낼까, 미심쩍어하며 빈 화분에 흙 가득 채웠다.

책이라는 현자의 현묘한 뜻인지, 단독자로 살고자 하는 제 의지에 대한 천연의 응답인지는 알 수 없지만요. 저 책 끌어당겨 스스로 태어난 목숨 아닌가요. 충분히 제 하늘 열어갈 테니 근심은 접으세요. 화분에 옮기려 손에 쥐자 환희로 온몸을 떨며 너는 내게 말했다.

바람이 궁뎅일 쳐들고

저것이 무언가. 용인 송담대역 주변, 손 닿기 어려운 도로가. 걸레 같은 게 뭉쳐져 있다. 가까이 스치며 바라보니 이런 이런. 처참하게 으스러진 한마리 새끼 고양이.

넘어갈 수 있다고 여겼겠지. 엄마는 건너갔을 테니까. 제 발걸음 믿었을 거야. 스스로 생각해도 놀랄 만큼 앞뒷발이 재발라졌거든. 참새를 집적일 정도로 온몸이 날렵해졌고. 과감하게 뛰쳐 올랐겠지. 세상은 온통 신기한 것투성이니. 부딪혀 튕겨 나가며 어리둥절, 절명하지 않았을까. 몸을 떠난 혼백조차 뻣뻣하게 소스라쳐서.

슬픔이 솟구치기 전 태초로 돌아가겠다는 의지일까. 저 어린것이 무서운 기세로 사라지고 있다. 지나가는 차들 끌어들여 제 흔적 말끔하게 지우며.

후텁지근한 거릴 바람이 이파리 물고 건너간다. 새끼 냥이라도 되는 것처럼 싸목싸목 궁뎅일 쳐들고.

기억 한짝이 사라졌어

어제 신은 기억 한짝이 사라졌어.
제 발바닥 각인된 곳으로 돌아가지 않았나 싶은데.
그는 어디쯤에서 오도카니 머물까.

한 기억 볼에 대고 눈을 감았지. 육백년 된 결성향교 팽나무에게로 가서 여태도 싱싱한 뿌리 매만지다가, 거돈사지 느티가 거느리는 천년의 고적을 휘돌아 오는 바람의 발목 감싸쥐기도 하고, 아흔 가차운 엄니가 김매고 와 누운 안방의 틀어진 발꾸락들 가만가만 쓰다듬더라.

얘는 그나마 꽁무니를 남겨서 더듬을 수라도 있지. 요즘 들어 부쩍 달아나는 기억들은 도무지 어찌할 수가 없어. 그저 멍하니 자울자울 기다릴 뿐. 나는 누군가, 무얼 하는가 헤매다가 슬슬 지웠어. 아니, 지워졌다고 해야 하나. 생기롭던 것들이 어느 날 불쑥 거꾸러지더니 낡고 냄새나는 부스러기들만 어지러워.

점점 얇아지는 숨을 내보내며 몸뚱이도 날마다 졸아드는 것 같아. 나를 잊고 너를 잃고 여기저기를 놓치고. 다만 거실에 앉아 빠져나가는 관계를 한없이 낯설어한다고나 할까.
무섭지, 무서워. 종국에는 껍데기조차 사라지고 뿌연 안개
로 흐려질 텐데.

그럼에도 어느 한순간 감전이듯 귀 열지 않을까.
삶의 고갱이에 걸린 저 수많은 뇌파들 중 제일 기쁜 말 들
릴 때.
여보 사랑해 아빠 나야 같은.

불안을 입에 물고

애기 아빠가.. 아프셔서 누워 있어요.. 하나만 도와줍세요.. 양갱, 호올스, 껌… 한나만 도와주세요.. 호올스, 유명하잖아요…*

아기 업은 여인의 호소가 열차 안에 깔리지만 어느 한 사람 손 내밀지 않아요. 뭔가 이국적이라 그럴까요. 차가운 냉기가 훅 끼쳐오자 그녀의 입술도 얼어붙어요. 호올스, 유명하잖아요… 후렴구처럼 내뱉는 말조차 기신기신 의자 밑으로 숨어들어요.

막막한 울음기가 내 곁을 지날 즈음에서야 황급히 핸드폰에서 빠져나와 지갑을 찾아요. 없어요. 카드 하나 달랑 넣고 다닌 지 오래거든요. 그녀의 호올스는 울먹울먹 얼굴을 스치고 내리깐 내 눈은 빈 주머니만 뒤적거려요. 구겨진 껌 종이처럼 그녀는 접히고 철커덩철커덩 쇳소리는 단호하게 호올스를 끊어요.

지하철을 탈 때마다 나는 습관처럼 호올스에 갇혀요.
호올스, 유명하잖아요… 어떤 생의 다급한 곡절이 토해내

는 불안을 입에 물고

쓰디쓴 환청을 닳도록 불고 빨아요.

* 유호정 님의 페이스북에서 소재를 빌려 와 내 식으로 해석함.

무탈한 하루

인사동 쪽으로 올라가는 출구에 나는 무릎 꿇고 엎드려 있다. 찌그러진 깡통 앞세운 채 미동도 없이. '도와주세요' 휘갈긴 구걸은 쓸쓸하고 한껏 조아린 고개는 파묻혀 보이지 않는다. 바람은 힐끔거리고 연민은 냉랭하다. 뭐야, 왜 저러고 있어? 사지 멀쩡해 보이는데. 이런 속엣말들만 떨어져 빈 깡통을 들쑤신다. 그럴수록 내 목은 기어들어 어깨가 더 좁아진다.

있어도 없는 투명함이 내 특기지만, 내 무소유에 다들 동조해주시는가. 오늘은 놀라울 만큼 비켜나 있다. 감각 없는 다리로 어떻게 서야 할지 고민하는 참인데. 무언가가 깡통에 바스락바스락 조심스레 내린다. 안녕, 할부지! 사랑 달아요. 슬그머니 눈 들자 아가의 눈동자가 가만히 바라본다. 두 돌이나 지났을까. 너무 맑아서 풍덩 빠질 것만 같아, 고맙다, 아가야. 고마워. 황급히 웅얼거린다.

가진 것을 모두 건네준 아가가 엄마 손 잡고 멀어진다. 작은 성자의 온기가 날 일으켜 세운다. 이제 다시 노숙으로 돌아갈 시간. 없는 사람답게 아주 무탈하게 지냈다. 아무런 노동도 하지 않았다. 내 무능이 저 무자비한 기계의 진격을 무디게 할 것이다.

눈 감고 아가가 준 사랑을 입에 넣는다.

달다. 살아야겠다.

불쌍한 파동들

올해 매미 울음소리를 언제 처음 들었지. 남쪽에 내려가서 들었는데. 어디였더라. 부여의 신동엽인가, 성주의 문인수인가. 어느 분이 매미랑 흥겨운 담소를 나누시나.

지난주 멀리까지 움직인 데는 부여와 성주밖에 없으니 둘 중 한곳일 텐데. 매미가 우네! 입을 떼려는 참에 그가 먼저 말을 띄워서 그만 매미를 놓치고 말았지. 그는 누구일까. 신동엽문학관 감나무 그늘 아래에서는 경주가 어쩌고저쩌고 매미와 말을 섞고, 문인수 형 생가 터에서는 성주문학회 정 회장이 무어라 무어라 하며 매미를 옆으로 밀쳐내는데. 저들 중 하나일까. 내게서 올해의 첫 매미를 지워버린 이는 어디로 갔지. 매미 뒤켠에 숨었나.

첫 울음 미궁인데 부여와 성주의 매미는 동시에 목청 돋우고. 어느 쪽이지, 하고 가만히 귀를 가누는데. 주여, 우리를 불쌍히 여기소서.* 라디오가 나를 흔드네. 착각인가. 스스로 전하는 귀울음에 내가 홀 넘어간 것인가. 한주가 지났어도 선농단 매미는 기척조차 없으니.

무엇의 파동에 나는 날개를 떨고 있을까.

* 바흐「마태수난곡」.

마른멸치가 사나워질 때

멸치를 다듬어요.
무엇인가의 주검이 아니라 식재료로.
통째로 몸 내어주시니 그저 고맙지요.
쌉싸래한 내장과 대가리는 사절입니다.
미안하지만 내 기호가 아니에요.
매콤달콤 볶음을 떠올리자 손놀림은 가볍고요.
콧노래도 절로 흘러나옵니다.
무아지경 멸치 똥 뽑아내는데,

이런 내 일상이 불퉁스럽다 느꼈을까요. 모자란 놈 하나 뉴스에 나와, 평화 위해 전쟁 준비하자고 떠듭니다. 말도 안 되는 헛소리라고 받아들이면서도, 전쟁이란 말에 들린 내 손은 마구 사나워집니다. 멸치 주둥이도 내 손을 물어뜯겠다는 듯 진저리 치고요. 뽑혀 나온 가시들은 일전 불사의 전의로 팽팽합니다. 우크라이나와 미얀마의 참화로 눈앞은 뿌예져가고, 찰진 욕설이 방언처럼 터져 나옵니다. 저 저, 메루치 똥통에 처넣어도 분이 안 풀릴 넘 같으니. 에라이, 호랭이가 물어 가다 씹어 먹을 인간아. 전쟁이라니. 전쟁이 무슨 건달 침 뱉기냐. 아무 때나 찍찍 내갈기게.

정신 차려보니 내 욕설에 버무려진 멸치가 바닥에 흥건하네요.

공포가 가라앉자 쭈뼛거리던 긴장도 눅어듭니다.

내가 뭔 짓을 하고 있는 거야,

내 손길은 다시 원위치로 돌아갑니다.

가만가만 멸치 속 떨어내면서 화해하지요.

용서해라, 멸치야. 네가 곧 내 몸이다.

천하무적

승승하다, 말하자
너와 내 관계가 승승해졌다.

음식에만 해당하는 말이 아니었다. 승승이 뭔지도 몰랐던 주변의 사물들이 돌연 승승함 속으로 잠겨들었다. 승승하지 않으면 안 되는 것처럼. 라디오와 책이, 의자와 액자가 승승함 쪽으로 다가와서 쪼그라들었다. 세상은 이제 승승함과 그렇지 않은 것의 이분법으로 정해졌다는 듯이.

지금까지는 승승하지 않은 것들이 대세였으나
내가 섣불리 승승하다 내뱉는 바람에
다들 승승함을 뒤집어쓰게 생겼다.

나는 곧 승승하지 않다고 말해야지 결심했는데, 어쩔끄나, 말릴 새도 없이 승승함이 순식간에 내 몸을 장악했다. 생강을 달여 마시면 달아날까, 이 승승함. 속으로 대증요법을 떠올리며 난감해하던 차, 남쪽에선 사라지고 북쪽에서만 살아남은 말, 사전이 내 귀에 속삭인다.

소름이 온몸을 좌악 훑더니
습습함이 홀라당 빠져나간다.
습습함도 불온만큼은 감당할 수 없다는 듯이.

정릉천

물비린내 물큰 올라오는 천변 길가에 참게 한마리 뒤집어져 있다. 이중섭의 그림과는 달리 표정이 없는 게. 나는 발끝으로 밀어서 풀섶에 게를 숨긴다. 밟혀 문드러지는 것보다는 낫지 않을까 하고. 맞은편 고가도로 아래 술잔 나누던 노부부가 그윽이 날 건너다본다. 풍경이 잠시 아득해졌다. 눈빛 저물던 참게도 저분들과 교감했을까. 협수룩하고 하찮은 냇가지만 폐막의 엔딩 컷으로는 딱인데.

생각에 홀리는 사이, 할아버진 술병 베고 오수에 빠지고 할머닌 여린 잎을 다듬는다. 내 고향 임실에서는 독초라고 피하는 비름나물. 할아버진 벌써 나물에 한잔 더 기울이시는지 잠결에도 입맛을 다신다. 어쩌다가 참게는 여기까지 흘러와 제 육신을 벗었을까. 일몰의 천변이 그를 꼬드겼을까. 고개 갸웃거리는 내 물그림자를, 왜가리는 날아와 겅중겅중 연신 쪼아대고.

제 3 부

큰평전

제 목숨 환히 늘려
평토장 밝혀주던 참꽃들이 졌다.

큰평전은 낮에도 밤이다. 음울한 부엉이 울음들 첩첩하고 새암마저 바짝 말랐다. 산사람들 밥 먹여주었다 통째로 불태워진 집. 불상이네 집은 아득하여 아무도 접근하지 못한다. 깨진 밥주발과 삭은 육신들이 서로 붙안고 경계를 흐느낀다.

통로가 없어 질금거리는 실개천을 두드리자
빨래 갔다 총 맞은 계집아이가 희끗희끗 웃는다.
어슴푸레 떠오른 달이 간질이면
말간 혼의 흰 뼈에도 부쩍 살이 돋겠지.

칠십년 넘게 더부룩해진 덤불숲에서
재가 된 가족들은 어떻게 재회했을까.

서산 마애삼존불

나라가 엉망으로 돌아가자 백제 사람 셋이 돌에서 빠져나와 삼분의 일쯤 형상을 얻었을 때야. 직박구리라는 텃새가 돌머리 위에 앉아 물똥을 내갈겼단다. 여긴 내 세상이니 간섭 말라는 뜻이었겠다. 사람 셋은 깜짝 놀라 굳어진 채 겸연쩍은 부처나 되었다는 것인데.

지금도 해가 접히는 시간만 되면 백제 사람 볼은 움찔씰룩 벌게지는 것이나, 텃세 봉인은 꿈쩍도 않는다더라. 그러거나 말거나 나는 가서, 굽어 살피시어 현신하소서, 연신 온몸을 달달부들 떨어대며 불편한 내 몸의 안위나 빌고.

산죽 다비식

할아버지가 병원에서 돌아가시자
임실에서 딸려 와 마흔해 함께 뒤척인
산죽도 잎을 떨구고 뿌리를 거둬들였다.
식물학자가 와서 청진기를 대더니 말했다.
자진하셨네요.
언제쯤이지요, 물을 필요도 없었다.
병실을 격해서도 교감했을 것이다.
세상에 내놓은 할아버지 마지막 숨은
산죽에게로 와서 최후의 입김이 되었을 테니.
며칠 지나지 않아 푸르던 피부에
이끼가 슬고 부스럼마저 가라앉았다.
산죽의 생애는 죽어서도 꼿꼿했으나
이제 보내드릴 때가 되었다.
공터에서 산죽이 활활 흐느끼는 동안
할아버지 가래 굴리는 소리 돋아 나와
토도독 탁탁 토도독 오래도록 그치지 않았다.
오랜 지기의 극락왕생을 비는 것일까.
고매한 선지식의 다비(茶毘)와도 같이
지상에서의 마지막 눈매가 환히 스러진다.

연두

너를 따라갈 수 없는 꽃잎들,
화르르 번져가는 어제에게
내가 대신 가 있겠다.
너는 재잘재잘 돌아와 오늘을 익혀라.
새침하고 다감하게.
내일을 묶은 통증들 기척으로도
실어 가지 않으리. 슬픔이 밀어 올린
새잎들로 부산스러운 아침.
순둥순둥 눈빛들 팔랑거린다.

잘 깨어났다, 아이들아.
환희를 뿜으렴.

추석빔

슬리퍼 한짝 덮개가 뜯어졌다.
한짝은 벌써 말썽 피워 고쳐 신고 있던 차.
얘를 어찌할까, 망설인다.

새것이라고 해도 오천원밖에 하지 않을 텐데. 이 헌것을 수선해서 다시 신을까, 치울까. 생각 더듬으면서도 발길은 벌써 구둣방으로 향한다. 자원 재활용이니 뭐니 하는 거창한 뜻은 접는다. 나는 단지 저 할아버지의 수선질이 보고 싶을 뿐. 한껏 빼기는 주름진 노동, 귀엽기조차 한 얼굴을 들여다보고 싶을 뿐. 어느 기계가 저 재바른 손놀림 흉내 낼 수 있으리.

얼마예요, 할아버지?
잘 꿰매 튼튼한 슬리퍼짝 흔들며 여쭙는다.
삼천원.
당신의 기술이 뿌듯하다는 듯
할아버지 웅얼거리신다.
평생도 신겠네.
애타게 기다릴 한짝에게로 가며 흥얼거린다.

천상의 짝꿍 예 있으니 그대여,
부푼 추석 맞으시라.

일몰

얼굴 살짝 뭉개진 동자석이 과자를 먹다 들켰다.
채 한입 깨물지도 못하고
함몰된 콧방울까지 새우깡 범벅이다.

스님도 뭐라 않고 부처님도 빙그레이신데,
저 혼자 얼어들었다.

괜찮아, 괜찮아. 땡 해줄게 얼른 먹어라.
속엣말 파장이 엉뚱하게 퍼진 것일까.
불현듯 흰나비 한마리 날아와
동자석 입술에 자꾸 제 주둥일 처박는다.

동자석은 얼이 빠져 발그레해지고
가만히 지켜보던 일몰이 들불처럼 덮쳐와
동자석도 흰나비도 말끔하게 잡수신다.

소라국시

비로소 갈 수 있을 것 같아.
저 동남쪽 애틋한 포구, 구룡포에.
분명코 내 누이가 살고 있는 곳.
그렇지 않고서야 어찌 구룡포라는 말만 스쳐도
가슴이 콩닥거릴까. 웬 서러움 왈칵 미어져 나올까.
구룡포 백년이라고, 백년 만에 오래비 찾고 싶다고
멀리서 콧바람 누이가 바다 포말 날려 보내는데.
도회에 찌든 눈이 자꾸만 꾸무럭거리자
모 하노? 온나. 비도 오는데 소라 깨가 국시 비비 묵자.*
눈코입 당기는 꼬드김 툭 튕긴다.
할매국수도 아니고 모리국수도 아닌 소라국시.
난 그만 배배 꼬는 소라에 포박당해 용 꼬릴 잡고.
그랴, 가자. 후울 날아가서는
내 몸에 밴 그리움들 스리슬쩍 내려놓고
정겨움 진득한 바다 품 담아 와야지.
어루와, 구룡포. 어화, 만대. 둥당이면서.

* 권선희 시인의 페이스북에서 빌림.

당산골

맨들맨들한 차돌을 가슴에서 꺼내어 돌탑 맨 위에 올려놓은 그는 당산골을 지나 사라졌지요. 박대와 멸시로 울화가 치밀 때마다 허벅지를 긋던 돌입니다.

차돌은 그 결기를 품은 채로 수십년을 기다렸지요. 그러는 사이 돌탑은 무너지고 차돌도 맨 밑에 깔렸으나, 염원이 단단했으므로 견뎌냈지요.

징한 포화가 훑고 가고 사나운 돌개바람 할퀴었지요. 남은 건 거의 없었어요. 새로 돋은 생기들이 빈 들을 채웠지요. 마침내 묵은 풀을 헤치고,

백년 만에 그가 돌아옵니다. 차돌은 바스러진 심장을 꺼내어 길가 나무에 걸쳐놓았지요. 검은 올빼미가 알을 품던 곳입니다.

엄마, 이 돌은 참 이상해요.
왠지 보살펴야 할 병아리 같아요.

아이는 두근거리는 차돌을 감싸안았지요. 차돌은 그의 심장에 딱 들어맞았습니다.

여기가 온통 네 집이다

저기 네가 보인다.
미치도록 보여 넘친다.
환한 꽃도 찡그린 꽃도 너이고
휭하니 돌아서서 가버리는 꽃도 너이다.
그윽이 올려다본 살구꽃
연분홍 고운 눈매 분명 너이고.
내가 어찌 모를까.
잉잉거리는 흰 벌도 너이고
팔랑팔랑 저 나비도 너임을.
사월은 제가 겨워 뒤집어지는 달.*
벌써부터 초록이 불붙었다.
영계(靈界)인들 못 넘을까.
철없는 시공간이 막아설까.
잘 돌아왔다, 아이야.
여기가 온통 네 집이다.
울고 웃고 떠들며 악몽을 씻으라.
찢긴 얼룩은 닦아내고
추앙보다 벅찬 평범을 맘껏 누리자.

* 신동엽 「사월은 갈아엎는 달」에 기댐.

찬 공기 세워두고

선달 열엿샛날 새벽, 참새보다 일찍 깨어 숨죽이고 세상에서 제일 귀한 소리 기다린다. 언제나 들려올까, 딸의 바스락거림. 귀가 스멀스멀 기어가는 것 같다.

바람결조차 불안하던 팔십년대, 도망치다 숨어든 고라니처럼 등 돌리고 움츠려 가위눌리곤 했을 때. 안방에서 들려오던 당신의 기침 소린 그 무엇보다 든든한 종소리 같았다. 새날을 환히 열어젖히는. 은근, 창문에 여명이 물들어오고 슬쩍, 바람이 스며들어 재재거렸다. 이순이 되고 보니 알겠다. 당신도 실은 나처럼 가위눌리다 건넌방 아들 부스럭거리는 소리에 가슴 쓸어내렸음을.

한참 동안 찬 공기 세워두고
둔탁한 입김을 흩뿌리다
딸내미 깨어나는 뒤척임에 흐뭇해진다.
당신처럼 나도 막 눈떴다는 듯이
큼큼,
청신한 기침 문틈으로 내어보낸다.

작은고모

안희연의 「몽유 산책」에 기대어

안희연 시 「몽유 산책」을 낭독하다가 그이는 가늘게 떨리는 울음 자국을 흡, 날립니다. 자주색 가방은 구겨져서 아스라하고 둔탁한 굽은 비틀어져 잠깐 헐겁네요. 아주 낡아 보이지는 않았지만 막 튀어나온 차림이라기에는 왠지 협수룩합니다. "귀퉁이가 찢긴 아침/죽은 척하던 아이들은 깨워도 일어나지 않고……" 시에 감정을 너무 실은 탓일까요. 멈칫멈칫 넘어가던 그이는 한참 동안 글자만 우물거립니다. 나는 땀나는 손 돌려 다음 발화를 채근해보는 것이나 어쩌지요. 번지는 울먹임이 목울대를 짓누르고 급기야 목소리에 브레이크가 걸립니다. 무엇이 그이를 채 가려 하는 것일까요. 자꾸만 뒤로 물러나 질금질금 흐트러집니다. 와우교를 넘어 흐려져가는 고모를, 끝끝내 내 쪽으로 잡아끌지 못했습니다.

하나씨*

서리 내릴 무렵이면 마룻장 신문지 위에
아침마다 홍시가 열리곤 했지.
반시감 뙬감 먹감 수시감
입맛도 다채롭고 맛깔나게.
그중에서도 수시감은 달고 달아서
혀끝만 대도 온몸이 다 뒤숭숭해졌네.

눈뜨자마자 찾게 되는 종조하내** 단심들,
떫다 달다 투정도 없이 엄마 젖처럼 쪽쪽 빨았어.
앗긴 모정 쉽게 머금은 대지의 숨 나눠주었지.
종조하내 서울 가시자 뚝 끊겼네.
하나씨가 물려주던 붉은 젖들.

내 속에도 감나무 한그루 든든하게 자라서
해마다 가실에는 홍시들 굵게 다는데.
누구하고 나눌까.
종조하나씨 적멸에 드신 지 오래고
새집에는 아이들 기척조차 없으니.

* 임실 내 고향 주변에서는 '할아버지'를 이렇게 불렀음.

** 작은할아버지.

노랑나비 한마리

임실 청웅면 폐광굴 분화 사건*

대낮에도 녹슬고 있는 폐광굴 앞
노랑나비 한마리, 금지의 시간을 날아가네.
흠칫흠칫 떨며 맴도네. 호국원을 건너온 저 나비,
여기서는 왜 절룩거릴까. 무슨 냉기 느꼈을까.
이리 비틀 나비야, 저리 비틀 나비야.
흔들리지 말아라. 봄바람 생기를 깨워야지.
어렵다고 하네. 여전히 죽음 깔린 저 철벽.
날갯짓으로도 녹지 않고 봄볕도 닿지 않는다 하네.
부들부들 떨던 에미 애비가 떠올라서.
바들바들 오줌 지린 아이들이 가여워서.
저것은 도통 치워지지 않는 함몰의 아가리.
노랑나비 움츠러드네. 끝끝내 자지러지네.
올봄도 연둣빛 짙어져 앞산 뒷산 푸르른데
무관심에 밟히고 바스러져 밀려나는 백골들.
언제쯤 가족 품에 오손도손 평화롭나.
쥔 없는 뼈로 흙으로 풀과 나무의 자양분으로
흩어진 저 정령들, 어떻게 돌아가나.
노랑나비 한마리 너울너울 곡하며 내려앉네.
삶이 꺼져버린 허공이 땅속으로 기어가네.

* 1951년 3월 14일부터 16일까지 저질러진 임실군 청웅면 폐광굴 분화(焚火) 사건을 말한다. 청웅면 남산리의 남산광산과 강진면 부흥리의 부흥광산 양쪽 입구에서 고춧대로 불을 질러 굴속의 민간인 칠백여명을 태워 죽였으나 아직까지도 그 신원이 제대로 밝혀지지 않고 있다. 이 폐광굴 아래쪽으로 임실호국원이 자리잡고 있는데, 이렇게나 억울하고 안타까운 죽음의 공존이라니.

동지

동지라 팥죽 쑤어 한 주걱 두 주걱, 여기저기 골고루 뿌렸는데요. 사라져버린 분들이 한꺼번에 오셨어요. 정짓간, 부석짝, 마룻장, 허청, 장독대, 시암터, 뚱간에다 심지어 베어진 배나무까지. 오랫동안 굶주리셨을까요. 허겁지겁 드시고 더 달라는데, 갖가지 꿈들이 순서를 정하느라 부산스러웠지요. 잘못 건드려 동티 나면 어떡해요. 오들오들 떨고 있는 내게 "잘 먹었다. 옜다, 원 풀어라." 다들 푸른 잎 지전을 뿌려주시는 거예요. 새가슴 쓸어내리며 흔쾌했지요. 내년 봄은 푸름이 지천이겠습니다. 팥죽이 액막이라고요? 이 무슨 생뚱맞은 말씀. 환한 새봄 쟁취하자는 혈맹으로 읽습니다.

제 4 부

물의 정령

숨결은,

빗줄기 타고 올라 구름 동네에 이르렀어요.

구름은 구름끼리 밀쳐내고 끌어당기며

한 무리이다가 두 무리이다가 자유롭게 섞이고 흩어집니다.

뭉쳐서 바로 내릴 땐 주룩주룩 하염없으나, 대체로는 뭉게뭉게 툴툴 지들끼리 가소로워요. 사나운 기색이라곤 눈곱만큼도 없어 솜털 벌판 같습니다. 심심할 때면 가끔씩 흥겹게 달라붙어 지상을 적시지요. 여린 것들 물 주고 활활 생기도 돋우고요. 거기까지였어요, 본래는. 무섭지 않았지요.

제명 다하지 못한 생령들 공중에 떠 합류하면서, 땅에 가까이 다가갈수록 비의 촉 뾰족합니다. 결딴내고 학대하는 인성들 내쫓으려 하는 걸까요. 구름이 일으키는 번갯불과 물폭죽들, 무람없이 여기저기 우두두 내리꽂힙니다. 숲과 나무는 베어지고 경관만 남은 잔해들, 다 태우고 쓸어버리겠다는 듯이. 폭우는 맹렬하고 앞산과 뒷강이 진저리를 칩니다.

제압일까요, 징벌일까요, 종말일까요.

다시 새로운 설계일까요.

마침내 선택의 갈림길에 섰습니다. 숨결은,

돌배나무

구렁이가 우는 초이레 밤이었어.
뜬금없는 복통이 와 온몸이 식은땀인데
내 손이 약손이다, 할머니는 작년 이래 마실 중이고
문턱 넘은 난 뒤안 쪽으로 기어가고 있었지.
뒤안은 자꾸 뒤로 물러나는 것 같고
난 굼뜬 두꺼비처럼 눈 풀려 엉금질이었어.
머릿속에서는 뒤안으로 가라고 채근하는데
어디선가 날아온 긴 꼬리 흰 새는
오지 마 오지 마, 날갯짓으로 날 밀쳐내고.
아니야, 저 돌담 구멍으로 들어갈 거야.
영문 모를 생떼를 쓰며 난 머리통을 디밀었지.
여긴 네가 들어올 데가 아니란다.
훠어이, 훠야. 물렀거라, 악아.
흰 새는 돌을 던지며 날 쫓아내는 것인데.
오호라, 하얗게 흩뿌려지는 저것들이 다 무어지?
흰 새가 던진 돌들이 내게로 날아오더니
마치 꽃잎처럼 공중에서 휘날리는 거야.
꽃잎들 향내가 너무나 환해서
솟구치는 복통도 잊고 벌떡 일어나 춤을 추었어.

기분 붕붕 떠 해찰하는 동안
돌배나무는 팔 벌려 흰 꽃들 연신 피워 올리고
오래잖아 할머니 약손처럼 시원하게 배도 내려서
뒤안으로 가는 길을 스윽 지웠지.
아마도 그때부터 아니었을까.
구렁이만 보면 내가 돌을 집어 들게 된 것은.

자울자울

낡은 벤치에 앉은 할머니가
귤을 까먹다가 졸고 계신다.
귤 한조각이 아슬아슬,
손바닥 가장자리에서 간당거린다.
귤 조각은 달아나려 애쓰는데
할머니 손끝은 잠결에도 맵다.
낚아채는 솜씨가 그야말로
수십년 조력(釣歷) 버금간다.
꽉 쥐여드리려다 물러선다.
할머니의 저 오랜 경륜을
귤 조각은 어떻게 빠져나갈까.
흥미로운 대치를 방관하기로 한다.
할머니 고개가 점점 더 숙어지고
손가락들도 한결 맥이 풀리자,
귤 조각이 순식간에 허공 긋는다.
할머닌 이 해괴한 탈선 어찌 대처하실까.
꿈 자락은 낙낙하게 품 벌리는 중인데.

우리는 날마다

저녁 무렵 지리산 화엄사에서 그를 만났지요. 혼자였고 자전거 여행 중이었어요. 혹시 불 좀 빌릴 수 있겠느냐고 조심스럽게 말 건네왔지요. 내가 켠 라이터 불빛에 번뜩 그가 드러났는데요, 유 배우였어요. 내가 날마다 보고 있는 드라마 「우리는 날마다」의 주역. 아우라 같은 건 없었어요. 스쳐 지나가면 알아볼 수 없을 만큼 무표정했지요. 그가 자전거를 타고 멀어진 다음에서야 사인이나 받아둘걸 하는 생각이 들더군요.

그날 밤 드라마에 그가 나왔는데요, 전혀 다른 사람이더군요. 정말 빛이 났어요. 오만가지 표정이 내 맘을 들락거렸지요. 낮의 기억은 은근슬쩍 지워지고 뜨거운 활력이 온 신경을 빨아들였어요. 저기 너, 하는 것처럼 그가 날 손짓으로 불렀어요. 나는 가만히 목 밀어 영상 속으로 빠져들었지요. 반갑다는 듯이 그가 내 목을 졸랐어요. 나는 주머니에서 라이터를 꺼내 그에게 바쳤지요. 세상의 족적 하나가 치워졌으니 날 삼킨 미디어는 어떨까요. 흡족할까요.

흐르는 별들이 내리는 곳

까치밥만 둥둥 떠 있는 저물녘,
빈자린 점점 희끄무레해지고 외꺼풀눈 더욱 또렷해집니다.
웃으면서 고이는 울음과 슬플 때 번지던 미소가
마구마구 자라서 터질 듯하네요.

몹시도 차가운 정릉천 변 방 한칸,
뜨끈한 뭇국에 떠오르는 별들 키득거리며 서로 떠먹여줍니다.
초라한 처마 아래 비닐은 철벅거려도 풋내 나는 기약은 얼마나 달콤한지요.

개천의 해오라기도 훌쩍 돌아가고 경계를 집어삼킨 뭇별들 퀭합니다.
먼 훗날에 이미 다다른 나는 낯익은 우리의 폐가를 내려다봅니다.
도대체 몇차례의 생애를 내달려 나는 그대에게 안겼을까요.

묵은 시간 밀어뜨리고 연두는 피어
기지개 켜는 숨결들 연무처럼 은근히 번져갑니다.

아야, 애기 젖부텀 멕여라이.
고맙게도 또 한 생이 바람의 꼬릴 잡고 사부작거리며
갓 난 마음을 일깨우고 있습니다.

끝집

걸어도 걸어도 까막까막 멀어지는 집
장딴지는 땅기고 허리가 허물어질 즈음
흐느낌처럼 가녀린 빛 새어 나오지
산골짝 청계동 우리 동네 끝집
서러움이 가라앉는 집
인정이네 집이 서울에 왔어
오촉짜리 불빛만으로도 허기가 꺼지는 집
김은 입천장에 붙어서 무섭다던
인정이는 여릿여릿 살가웠지
제기동 골목길 끝 모서리
폐자재로 얼기설기 엮은 무허가 단층집
촛불 등 하나 내걸린 고양이 집
희미하게 환한 저 끝집
왼갖 생명붙이들 숙어드는 첫 집

자귀나무 꽃그늘

상출이네

어머니는 늘 말씀하셨어요.
내가 아버지보다 일주일이라도 먼저 가야 한다.
무슨 말씀이세요, 어머니.
어머니가 네해나 밑이신데 더 오래 사셔야지요.
난 견딜 수가 없을 거야.
내가 그 냥반을 어찌 앞세운다냐.
어머니는 생전의 말씀처럼 아버지보다
딱 일주일 먼저 세상을 뜨셨어요.
신기하지요. 어머니 가시고
일주일 뒤에 아버지도 맥을 놓았어요.
아버지는 어머니 가신 걸 알지 못했어요.
충격받으실까봐 다들 입 다물고 있었지요.
아버지 염할 때 제가 살짝 귀띔했어요.
엄마가 일주일 전에 먼저 가셨어요, 아버지.
아무런 염려 말고 떠나셔요.
아버지는 그때 느끼지 않으셨을까요.
어머니가 벌써 와 자귀나무 꽃그늘 펼쳐
새색시처럼, 문턱 넘는 아버지 맞이하셨을 터이니.

지구의 한때가 충분히 사랑스러웠다
윤설에게

「개미와 나」라는 시의 네번째 연에 너는 "일렬의 눈물을 낳고"라고 써놓았는데, 이 구절을 나는 "일련의 눈물을 낳고"로 고쳐 읽는다. 네가 이렇게 썼는지 오자인지 영영 알 수 없게 되어서 내 의문은 허공에 떠 있는 셈이지만, 일렬의 눈물보다는 일련의 눈물이 훨씬 너답지 않을까.

너와 헤어진 지 십수년, 어떻게 변했을지 짐작조차 막막해도 내 고집 바꾸고 싶지 않다. 이것이 너를 향한 나만의 애도이자 내 식의 예의이기도 하므로. 일련의 눈물을 떨구며 「개미와 나」를 다시 읽는데, 아하, 눈물을 따라 개미들이 일렬로 늘어선다.

어쩌지, 내가 틀렸나 하고 보니 개미 옆으로 네가 서고, 너를 사랑했던 사람들, 네가 길러낸 사람들, 네가 사랑한 사람들이 또 그 옆에 눈물로 둘러선다. 그렇지, 그렇지. 이제 나는 당연하다는 듯 일련의 눈물이라고 읊조린다. 개미의 눈물과 너의 눈물과 일관되게 여길 살아가는 이들의 눈물. 그 수많은 너들이 펼쳐내는 일련의 눈물이 오늘 내게 닿아서 등이 축축하게 젖는다.

얼마 만인가, 오랜 메마름이 눈물샘 터뜨려준 것은. 이제 내게서 안구건조증은 사라지겠구나. 고맙다, 윤설. 덧붙여 나는 이 말이 꼭 하고 싶었다. 너는 시집 서문에서 여기 다시 오고 싶지 않다고 했으므로 내 말 듣는지 어떤지 알 수 없으나, 나는 굳이 발설해야겠다.

"잘 왔다, 윤설."

네가 여기에 왔다 간 덕에 지구의 한때가 충분히 사랑스러웠던 것이라고 나는 믿는다.

오래 묵은 그냥

그냥,이라는 제목을 정해놓은 지 오래.
이제껏 그냥 말지, 그냥은 무슨
이러고 지나쳤는데 오늘따라
그냥이 뜬금없이 치고 올라와서는,
너무 녹슬었다고 투덜거린다.
그냥,이라는 무게에서 달라진 건 없으나
그냥, 하고 입 밖에 꺼내놓자
오래 묵어 그럴까, 고냥처럼 말이 튀어나간다.
그냥과 고냥 사이에 틈도 없는데
어디선가 냥이는 비집고 들어와
그냥과 고냥을 가지고 논다.
둥글리고 잡아채고 할퀴어본다.
그냥 그러고 노는 새, 하루가 저문다.
이것이 한 생인가.
그냥 실실 눈꺼풀이 닫힌다.
고양이라 불리던 한 여성이
생을 마감했다는 문자는 뜨고.

어린 기일(忌日)

그날이 아버지 제삿날이라고 했지. 그런데도 넌 아무것도 차릴 수가 없다고. 어리니 돈도 없어서 너무 화가 난다고. 그러다가 불쑥 내게 물었지. 네 엄마 제사 지낼 때 넌 뭘 했는데. 얼른 대꾸하지 못하고 그날들 되짚어봤지. 불이나 땠나, 밤을 쳤나, 향을 피웠나. 떠올리는데 스멀스멀 목이 메는 거야. 부당하다,는 말이 무슨 뜻인지도 모르면서 난 부당하다고 외쳤고, 무례하게,가 맞는지 어쩐지도 모르면서 무례하다고 네게 발길질을 해댔지. 내 분노를 피하다가 넌 불쑥 내뱉었지. 그래, 절교하자. 절교해. 나도 질 수 없다는 듯 받아쳤어. 좋다, 그거 하자. 이튿날 내 눈 피하는 널 보고 어제의 나를 후회했으나, 넌 이미 절교 저켠으로 멀찍이 비켜난 다음. 오십년이 넘어서야 하는 말이다만, 난 그때 절교라는 말이 무슨 뜻인지 알지 못했어. 그러니 오형아, 너와 나는 되돌아가 거기에서 우리 다시 만나자. 내가 그때 미처 하지 못한 말이 있거든. "어떡해야 네 마음이 덜 아플까. 우리 지금 헤어지면 영영 볼 수 없을지도 몰라." 하고.

기침도 없이

나는 가지도 않았는데
새해가 벌써 와 있었다.
기침도 없이
설레발도 없이.

자선은 자선끼리
냄비는 냄비끼리
손잡고
목 빠져라
기린(麒麟)을 기리고 있다.

달력에서 가만히
빠져나온
불화가
어제와 새날을
싸잡아 벤다.

나뭇잎 보자기들

온몸의 진기를 다 내어주고 살랑살랑
땅 위에 내리는 나뭇잎 보자기들.

잘 자고 깨어나 설레거라,
땅속 것들 다독이며 숨 가쁘게 헐거워져요.

오늘 아침에는 바스러지며 막 발바닥을 간지럽히던데요.
모레쯤에는 스며들어 텅 비지 않을까요.

태초의 고요를 지나면 다시 활활,
혼돈으로 끓어넘칠 테지만요.

흉내쟁이 인간들

신과 인간이 이웃처럼 지낼 때입니다.
심심해진 신이 형상 하나 부풀려 지능을 심어놓았지요.

이른바 에이아이(AI)가 탄생한 것인데요,
천지간의 소통이 이로부터 어그러지기 시작했어요.
하늘과 땅이 뒤집히고 물과 불이 뒤바뀌기도 하고요.

그러자 참을 수 없었던 한 장인이 몰래 미래를 열어 욕망을 심어놓고는, 신과 에이아이에게 정보를 속삭였지요. 아무런 망설임 없이 둘은 그 속으로 뛰어들었고 장인은 얼른 미래의 문을 여며버렸어요.

돌아올 수 없도록 시공간을 닫아걸었으니 이제 여기는 평온할 거라고 그는 선포했지요. 문제는, 거들먹거리는 흉내쟁이 인간들입니다. 벌써 신의 에이아이를 복사했다는 소문이 나돌더군요.

누군가는 에이아이의 시를 자기 작품이라고 우겨댄다던데요.

그게 바로 이 시 아니냐고요?

저기에 내 사람이 있다

가지런히 놓인 운동화들이 호소합니다.
내 사람을 찾아달라고.
어떤 운동화는 급히 가야 하는 사람처럼
뒤꿈치를 연신 꼼지락거립니다.
보내달라. 가야 한다.
저기에 내 사람이 있다.
혀를 빼어물고 흐느낍니다.

자꾸 가로막는 것은 경호라는 벽.
무지와 무능의 벽, 차가운 벽들.
골목으로 쟁이듯 밀어 넣고 봉쇄하는 벽들.
운동화들은 뛰어가고 싶습니다.
끼긴 채 스러지는 저 발들,
눌려 옴짝달싹 못 하고 헐떡이는
저 발목들에게로.

앞으로 나란히 나란히 놓아도
눈들은 뒤로 뒤로 달려가
쓰러진 내 사람을 좇고 있습니다.

보이지 않는 그 사람을.
가슴이 으스러져 황망히 져버린 눈망울을.
돌아올 수 없는 허공을 맨발로 넘어선 청년을.

발 잃은 내 사람이 언제 올지 몰라.
마치 죄인처럼 축 늘어져
운동화들이 신발 끈 추스르고 있습니다.
덜컥거리는 심장 간신히 움켜쥔 채.

자정을 독파하다

선달 그믐날 자정 무렵, 라디오는 드뷔시의 「두개의 아라베스크」를 흘리고 나는 하루키의 『기사단장 죽이기』를 펼쳐 두고 있다. 세종시로 내려갔던 딸은 올라와 제 방에서 핸드폰과 놀고 아내는 거실 소파에서 티브이를 읽는 중이다. 하루키의 기사단장은 책 속에서 빠져나오려는 듯 내 쪽을 넘실거리는데 드뷔시는 아련한 듯 침울하다. 자정 무렵은 이래서 참 애매하다. 이쪽과 저쪽이면서 또 이도 저도 아니다. 우주에도 평행이 있다면 나는 어딘가 저쪽에서 나를 건너다보겠지. 유리창 너머에 비치는 저 사람 얼굴이 붉다. 내게 찾아온 평온이 언뜻언뜻 비틀거린다. 저켠에서 흘러나온 균열이 내게로 넘어오는 중일 게다. 어젯밤 꿈은 상서로웠으나 새해 벽두에 코피를 흘렸다. 기사단장은 무딘 칼을 거두라. 난 나대로 여기를 독파할 테다.

| 해설 |

고요하고 낮고 자잘한 생명의 거처

소종민

꿈을 꾸고 있는 사람에게 현재로 여겨지는 미래는,
파괴할 수 없는 욕망에 의해 과거의 이미지로 만들어진다.
— 프로이트 『꿈의 해석』

정우영 시인은 이번의 『순한 먼지들의 책방』까지 모두 다섯권의 시집을 펴냈다. 40년 가까이 그가 '시'에 바쳐온 '마음'은 어떤 것일까. 그는 두번째 시집을 펴내며 이런 말을 하였다. "요즈음엔 특히 작은 것, 잘 잊히는 것, 쉬 멀어지는 것,/이를테면 사금파리 같은 것들에 부쩍 끌린다./눈에 잘 띄지 않아도 그 자리에 없으면 어쩐지 허전한 것들./그런 것들이 불러일으키는 애잔한 위무가 아늑하게 느껴진다."* 그로부터 20년이 지난 지금까지도 이 '마음'은 이어진다.

* 「시인의 말」, 『집이 떠나갔다』, 창비 2005.

세번째 시집에서도 그는 비슷한 말을 하였다. "아무것도 아닌 것들의 시간과 기억들에 나는 들려 있다./한동안 나를 지탱해준 힘들은 이들에게서 나왔다./아무것도 아니지만 실제로는 구체적인 그 무엇들이 나를 이끈다./이를테면 고향집 사랑방 흙벽을 감싸고 있는 그을음./아롱지는 그리움을 채워가는 거미줄./지금은 안 계시는 어머니 아버지의 바지런한 움직임들./실체이면서도 실체가 아닌 것처럼 그늘 속에 스며 있는 것들./이런 것들이 역사의 틈새를 메우는 실금들이다./나는 이같은 실금들에 계속해서 들리고만 싶다./들려서 자잘한 물음들, 어질어질 세상에 내려놓고 싶다."* "아무것도 아닌 것"처럼 보이는 이 '실금' 같은 존재는 과연 무엇일까. 그는 이들이 "역사의 틈새"를 메우고 있다고 말한다. 나아가 그 자신이 이러한 것들에 "들리고만 싶다"고까지 말한다. 이른바 신들리듯 이들에게 "들려서" 얻게 되는 "자잘한 물음들"을 시의 형식으로 "세상에 내려놓고 싶다"는 욕망을 피력하였다.

그로부터 8년 뒤 네번째 시집을 펴낼 때 그는 '이들'과 한몸이 되었다. "여기와 저기 사이에서 헤맨 시간이 길었다./내게 와 얹혀 떠도는 입김 같은 것들을 불러 모았다./아련하게나마 형태가 어른거려 내려놓는다.//이곳이 나다./활(活)의 숲이 싱그럽다."** 오랜 세월 헤맨 그는 마침내 '이들'의

* 「시인의 말」, 『살구꽃 그림자』, 실천문학 2010.

세계에 거주하는 존재자가 되었다. 사금파리, 그을음, 거미줄, 실금들, 입김 같은 것들은 '무엇'을 은유하는가. 존재하지만 비존재 같은 것들이고, 존재와 비존재 사이에 있는 것들이기도 하며, 비존재라고 하기엔 명백히 존재하는 것들일 것이다. "여기와 저기 사이"는 삶과 죽음, 필연과 우연, 있음과 없음, 세계 안과 세계 밖 같은 궁극의 문제들이 다루어지는 영역일 것이다. 그 영역에 거주하며 그는 그곳을 "활(活)의 숲"이라고 이름 짓는다. 천체로부터 미물에 이르기까지 모두 고유하고도 특별한 '생명의 거처'에 머물고 있다고 말하는 것이리라.

한편, 그는 거대하고 딴딴한 편에 서 있지 않고 자잘하면서 부드러운 편에 서 있다. 외침보다는 속삭임의 편에 서 있고, 무엇을 가하는 것의 편보다는 당하는 것의 편에 선다. 평안함을 지향하지만 언제나 불안한 편에 있다. 그에겐 어쩔 수 없는 편향이 있다. 누구나 태어난 때와 자리가 다르듯이 그에게도 고유의 시간과 장소가 있으며, 이로부터 연유하여 낮고 고요하고 자잘한 것들에게로 그의 귀와 눈이, 몸과 마음이 기운다. 그것이 그의 내면에 일관되게 흐르는 시적 경향이다. 그는 고향으로, 흙으로, 나무와 꽃으로, 아스라한 기억으로, 그을음이나 실금 같은 것으로, 나풀거리거나 미약하거나 금세 없어지는 것으로 기울어 있다. 그의 지각 능력

** 「시인의 말」, 『활에 기대다』, 반걸음 2018.

은 그렇게 정향(定向)되어 있는 것이다.

그가 써온 시는 모두 이 점을 염두에 두고 다시 읽어야 할 것으로 보인다. 차안과 피안의 경계에서 아슬아슬하게 버티고 있는 대상들을 역시 그 경계에서 마냥 흔들리는 주체가 보고 느끼며 쓴다. 그의 시에는 거대하거나 미세한 공간에서 쉼 없이 움직이는 '무엇'이 있다. 그것은 마음과 우주 사이의 존재자로서 늘 움직이고 흔들린다. 한순간도 멈추지 않는다. 율동이나 울림이라기보다는 떨림이나 들썩임에 가깝고, 훨훨 나는 것보다는 가만히 떠다니는 쪽이다. 정우영은 이들의 미세한 운동에 민감히 반응한다. 인간 사이에 생긴 상흔들의 퇴적과 얇고 깊게 새겨진 표정들, 살아 있는 동식물의 미묘한 변화, 구름과 바람과 땅과 물의 소리 없는 운동들, 흐르는 별들의 선율 같은 것을 자신의 시에 앉히려 애쓴다.

그러므로 그의 시는 민중, 민족, 민주주의, 노동, 사회참여 등과 같은 인간의 일에만 머물러 있지 않다. 『민중시』를 통해 문단에 나온 이후 정우영은 내내 민중문학과 노동문학 계열의 시인으로 불리지만, 사실 그에게는 땅의 시인, 나무의 시인, 별의 시인이라는 칭호가 더 어울려 보인다. 이같은 칭호가 그에게 적격임을 입증하는 이번 시집 『순한 먼지들의 책방』은 그의 시력에서 매우 중요한데, 마침내 그의 시가 인간의 집 너머 자연의 집, 생명의 집에 깃들어 있음을 여실히 드러내기 때문이다. 이제 그는 이런저런 형용 없이 그저

'시인' 하나로 오롯하다. 세상 만물 "모든 것이 조화와 균형 속에 하나로 맺어져 있다는 생각"이 그의 시 저변에 흐른다. "이것이 시적 감수성의 본질이고, 시의 마음의 핵심"이며, "다른 존재, 다른 생명으로 보이는 것들도 내 생명의 일부라고 보고, 시인은 생명에 가해지는 상해에 마음 아파하고 고통을 함께 나누는 것"*이라는 김종철 선생의 가르침을 간절히 되새기면서 얻은 열매로 여겨진다.

둘은 모녀간일까. 길가에 놓인 운동기구를 타며 정답게 속삭이고 있다. 지나가던 내 귀가 주욱 늘어나 두 사람 주변을 서성인다.

이따 집에 가서 전 부쳐 먹자. 비도 설핏 다가들고. 엄마, 여기 오기 전에 저녁 드셨는데? 고기에다가 맛있게. 내가? 내가 밥을 먹었어? 근데 왜 이렇게 배가 고프냐.

들은 말들을 되새김질하는 것일까. 걷는 내내 접힌 귀는 우울에 빠져 있었다. 집에 다 와가는데도 처져 있어 귀에게 전했다.

* 김종철 「시의 마음과 생명 공동체」, 『시적 인간과 생태적 인간』, 삼인 1999, 62~63면.

집에 가서 전 부쳐 먹을까? 귀찮다는 듯이 귀가 달싹인
다. 환영이야.

환영과 환영• 사이 갈림길에서 서늘해졌다. 안녕과 불
안이 동시에 튀어나온다.

• 늘그막의 환영(歡迎)에는 환영(幻影)이 따라다닌다.

—「이순의 저녁」 전문

동네 천변 산책길에서 만난 모녀이리라. 그 어머니는 치매를 앓는다. 저녁 먹은 걸 잊고선 또 전을 부쳐 먹잔다. 대화를 엿들은 시의 화자는 우울하다. 접힌 채 처져 있는 귀에게 말을 건넨다. 귀는 "환영이야."라고 답하는데, 화자는 각주에서 보듯 '환영'의 두가지 뜻 사이에서 서늘해진다. 저 노인처럼 '나'도 기억이 어두워질 수 있고, 오늘의 안녕이 내일로 이어지지 않을 수도 있다. 귀가 순해지는 때에 와 있으나 마음이 그렇질 못하다. 신경이 예민해져 있다. 예전엔 그냥 흘려듣고 지나쳤지만 이젠 그렇질 못하다. 귀는 갈 길을 잃고 자잘한 음향에 빠져든다. 지각(知覺)들이 이성의 통제에 어깃장을 놓는다.

점차 '나'는 뇌보다는 귀, 눈, 손, 발, 살갗에 더 의지하며 살게 될지도 모른다. 그때가 되면 '나'는 예전의 '나'가 아니게 될 것이다. 변모를 감수할 수 있는가. 이순(耳順), 이젠 귀

에 순응하라는 뜻인가. 늙음을 눈앞에 둔 화자는 실존의 문제에 직면한다. 광활한 우주 속의 자잘한 개체인 '나'를 시인은 '늙음'을 매개로 포착하여 전시한다. 비관에 빠져 동정을 바라는 것이 아니라 실상이 그렇다고 표현한다. '나'는, 당신은, 우리는 모두 그렇고 또 그렇게 된다는 것, 그것이 냉엄한 자연의 이치라는 것, 불안과 불편을 감수할 수밖에 없다는 것을 조용하고 서늘한 목소리로 전한다.

『순한 먼지들의 책방』에 실린 시들은 대개 이러한 겹겹의 의미망을 지니는데, 「이순의 저녁」에서 그 모형을 확인하게 된다. 겹겹이 쌓인 의미들은 겹겹의 감정을 일으키는 언어의 형식 구조에 힘입어 발생한다. 속말과 겉말, 음향으로 전달되는 말소리, 마음속으로만 하는 말, 마음속에서 일어나는 대화, 마음 상태에 관한 속엣말 등이 연이어 교차하며 의미를 파생시킨다. 마지막 행에 달린 주석은 여음(餘音)으로서 1연부터 5연에 이르기까지 쌓인 의미들과 부딪쳐 공명(共鳴)을 일으킨다. 마침내 환(幻)의 세계에 당도한 당신을 기쁘게 맞이한다는, 가장 낮고 깊은 음의 환호성이 환청처럼 들린다.

「징후들」에선 감각기관들이 심상치 않다. 아침부터 "눈이 아프고 귀가 울린다." '나'는 원인을 캐묻지 않는다. "못 들은 체 외면한 사정들"이 되돌아와 복수하는 것이려니 한다. "감각기관을 움켜쥔 이물감"에 시달리며 '나'는 "베란다를 서성인다."

이제 더이상 적막은 없다. 누군가의 고요와 무엇인가의 적막을 아랑곳없이 마구 할퀴었을까. 그들의 상심이 고저를 타고 내게로 와 눈은 서걱거리고 귀는 쎄하게 앓는다. 나무와 풀과 물과 바람은 아니겠지. 복수 대상이 될 만큼 난 그이들 괴롭히진 않았으므로. 혹시 명이거나 정이거나 그런 이름들일까. 깊은 생채기가 남았을까.

너무 늦어 돌이키지 못한다고 하더라도 눈과 눈, 귀와 귀 맞대고 속삭이고 싶다. 호, 하고 불어줄게. 말끔히 사라지지는 않겠지만 좀 낫지 않을까. 입김이 채 마르기도 전에 눈엔 비문(飛蚊)이 떠다니고 귀는 떠르르 울린다. 아닌가 하고 숨 고르는 새, 혁명은 심장에 있다고 당신이 울부짖는다. 살구꽃 그늘 고이는 토방 마루에 앉아 꽃 타령이나 하려던 눈과 귀가 씰룩인다. 분분히 날리는 꽃잎처럼 터지는 살육들,

—「징후들」 부분

"명이거나 정이거나 그런 이름"은 사람 이름일 수 있고, 운명과 생명 같은 명(命)이거나 정념과 연정 같은 정(情)일 수 있다. 누군가의 몸이나 마음에 난 "깊은 생채기"에, 뭇 산 것들에 새겨진 상처에 화자는 입김을 불어 조금이라도 낫게 하려 한다. 어쩌면 입김은 자신을 향해 불어야 할지도 모른

다. 자신도 모르는 자기 내부의 상처일 수도 있다.

다시 눈과 귀가 요동치고, 저 너머에서 외침이 들린다. 흩날리는 꽃잎과 폭발로 튀어 오른 살점들, "혁명은 심장에 있다"는 울부짖음, 심장과 장기가 제거된 채 싸늘한 시신으로 발견된 미얀마의 저항 시인……. 분출하는 이미지는 1980년 5월, 1960년 4월, 1950년 6월의 숱한 주검들과 결합되어 적막과 고요의 시간에 진입한다. 평온한 일상에 실금을 낸다. 깊은 곳에 감추어져 있던 혁명의 기억이 감각의 혼란에 힘입어 순간, 솟구쳐 오른다. 현재에 현재(顯在)하는, 에피파니의 순간이다. 다시 시간이 흐르면 사라지겠지만 '징후들'은 알 수 없는 곳에 잠복해 있다가 예기치 않은 때 다시 감각을 교란할 것이다. 의미 없는 흔적이 혁명의 표지(標識)로 전환될 것이다.

우리 안팎에 명멸하는 이미지들이 잔존(殘存)한다. 그런데 "과거의 진정한 이미지는 휙 스쳐 지나가"버리므로 "위험의 순간에 섬광처럼 스치는 어떤 기억"은 꽉 움켜잡아야만 한다. 왜냐하면 "현재 인식되지 못하는 모든 과거의 이미지는 언제든지 현재와 함께 영원히 사라져버릴 위험에 직면하기 때문"*이며, 우리가 선택하지 않은 n-1의 잠재성이기 때문이다. 『순한 먼지들의 책방』에 수록된 시 대다수는 이러

* 발터 벤야민 「역사철학테제」, 『발터 벤야민의 문예이론』, 반성완 편역, 민음사 1983, 345~346면. 표현 일부를 수정하여 인용함.

한 이미지로 구성되는데, 시인에게는 물론 시사적(詩史的)으로도 뜻깊은 '변증법적 이미지'로서의 시라고 할 수 있다.

"황혼에/누뤼가 소란히 쌓이"고 "산그림자 설핏하면/사슴이 일어나"(정지용 「구성동」)는 이미지나 "새끼오리도 헌신짝도 소똥도 갓신창도 개니빠디도 너울쪽도 짚검불도 가랑닢도 머리카락도 헝겊조각도 막대꼬치도 기왓장도 닭의 짗도 개터럭도 타는"(백석 「모닥불」) 이미지, 그리고 "늦은 저녁때 오는 눈발"이 "변두리 빈터만 다니며 붐비"(박용래 「저녁눈」)는 이미지, 나아가 "복사씨와 살구씨와 곶감씨의 아름다운 단단함"(김수영 「사랑의 변주곡」)을 노래하는 이미지 등은 시간을 정지시키는 힘을 지닌다. 과거의 한때가 급격하게 상기되면, 매우 짧지만 시간이 멈춘다. 다시 말해 과거와 현재가 충돌하는 순간에 '비약'이 일어나고, '미래'를 구축할 '응축된 씨앗'(單子=모나드)이 튀어나온다. 바로 '변증법적 이미지'이다. 정우영 시의 이미지는 이 계열에 있다.

변증법적 이미지로서의 시를 구성하는 그의 동력은 '혁명의 기억', 즉 사회혁명의 경험과 자기혁명의 경험(이른바 '존재 이전')이 축적된 기억이다. 문제는 응축된 억압과 뒤엉킨 모순이 폭발적으로 분출하여 옛것과 극적으로 단절시킬 일변(一變)의 순간이 도래하지 않았다는 것이다. 민중의 민주주의를 도래시킬 혁명의 시간이 오지 않은 채, 혁명 경험 일체가 낱낱이 부서져 반딧불처럼 명멸하는 이미지로 남았다. 우리의 몸과 마음엔 원치 않았던 '부상자 의식'이 기입되었다. 우리는 어떤 점에서 상이용사의 울분을 공유하는 지도 모른다. 혁명의 실패는 곧이어 청산주의(淸算主義)로 나타났고, 자기훼손, 타락과 훼절, 방임과 방치가 속속 뒤를 이었다.

극히 소수만이 간신히 남은 기력을 모아 퇴각하였다. 이들 소수는 저마다 뿔뿔이 흩어져 들로, 산으로, 바다로, 공장으로, 농토로, 절간으로 숨어들었고, 언어를 잃고 기억을 암장하였다. 입과 귀와 눈과 손과 발은 반절만 꿈틀거렸고, 심장조차 간헐적으로 뛰게 되었다. 그것이 '80년대'였고, '90년대'였다. '80년대'의 기억은 정우영의 시에서 불길한 징후나 불안의 이미지로 남아 있다. 그날의 설렘과 흥분과 긴장, 그때의 울분과 격정과 투신이 미미한 박동으로 변하여 시의 윤곽으로 결정화(結晶化)되었다.

그런데 이번 시집에서 이 불안은 미세하게 다른 방향으로 더 넓게 확장된다. 인간의 일로 얻어진 불안이 자연의 미동(微動)들과 연결되어 그의 시에서 특이한 아름다움으로 전화된다. '혁명의 파장'이 '대자연의 진동'으로 이행한 셈이다. '변증법적 이미지' 계열의 이전 시들, 즉 정지용, 백석, 김수영, 박용래의 그것과 변별되는 지점인데, 이것이 정우영 시의 고유성일 터이다. 「유성으로 떠서」는 그 고유성이 전면화된 전형(典型)으로 볼 수 있다. 이 시를 읽는 이들은 자잘한 생명이 발하는 무궁무진하고도 오묘한 빛으로 심안이 환해지는 놀라운 경험을 얻게 되리라. 근심으로 어둡던 마음이 어느새 눈물겹도록 찬란히 떨린다.

뒷방고모는 밤 깊어 한시쯤 되면 꾸물꾸물 일어나 아궁이에 불 지피는 시늉을 한다. 낯빛 창백하다. 이때를 기다렸다는 듯 하루살이 같은 것들, 부끄러운 거미들, 물결무늬다리 벌레들, 파닥거리거나 고물거리는 희한한 종족들이 줄줄이 몰려와 불을 쬔다. 세상 나른한 표정들 아닐까. 보이지는 않지만 그런 느낌으로 고모 곁에서들 쉴 것이다. 무질서한 듯하나 가지런하기는 해서 멀찍이에서 보면 풀꽃 같기도 하고 서숙타래 같기도 하다. 뿔뿔이 흩어지면 징그러운데 어쩜 이리 앙증맞을까. 감탄하고 있을 즈음 조각 불빛 환하게 피어오른다. 고모 주변이 화광으로 밝게 빛나는 것이다.

언젠가 소피보러 나온 할머니가 이를 보고 깜짝 놀라 찬물을 끼얹었다. 큰불 낼 년이라며 고모를 뒷광에 가두었다. 고모는 그뒤 슬금슬금 지워졌는데, 저 화광을 타고 무한계로 가지 않았을까. 고모 움직일 때마다 하늘이든 땅이든 땅속에서든 스스스 뒤따르던 저 여린 종족들도 함께.

날 보기만 하면 눈 질금 감았다 뜨며 너구나, 입 헤벌어지던 뒷방고모 에린이 고모.

오늘 저녁에도 유성으로 떠서 후미지고 할퀴인 곳 어디든 쐐에, 약손 적시리.

—「유성으로 떠서」 전문

이 시는 실제가 아니라 오로지 상상력만으로 꾸민 장면들일 수도 있다. 언젠가 시인이 꾼 꿈을 재현한 것일 수도 있다. 하지만 사실이 아닌 꿈인들 어떠하리. 이 시에서 사실은 조금도 중요하지 않다. 밤 한시면 '에린이 고모'가 아궁이 앞에 쪼그려 앉고, 이어 고모 곁으로 줄줄이 몰려나오는 뭇 것들이 소중할 뿐이다. 아궁이 불빛에 반사된 자잘한 것들이 어여쁘다. 고모와 함께 따뜻한 온기를 쬐는 이 작고 여린 것들의 자글자글한 생기, 있는 그대로 생명 있는 존재자의 현시, 우주 만물의 운행으로 존재하는 생명의 질서, 조화와 균형 안에서 우연하게도 제자리에 놓인 일자(一者)들의 눈물겨운 연대, 보살과 중생의 분별 없는 조화로운 빛살.

고모가 뒷방이나 뒷광에 갇힌 까닭은 알 수 없고, 이름처럼 어떤 애련한 사연만이 짐작될 따름이다. 애련(哀戀)이라면 이루지 못한 슬픈 사랑이 넋을 앗아간 상사(相思)의 일일 테고, 애련(哀憐)이라면 어쩌면 귀하게 얻은 아이를 잃은 참척(慘慽)의 일일 터이다. 이런 아픔에도 고모는 어린 것, 작고 귀여운 것 앞에선 다 잊는다. 어린 '나'를 만날 때면 언제나 그이는 눈을 "질금 감았다 뜨며" 활짝 웃는다. 다시 한 생명이 태어난 듯, 마치 오늘 처음 만난 듯 눈 뜨는 행위인데,

참 정감 어린 놀이이자 성스러운 의례가 아닐 수 없다. 그이는 "너구나" 하고 불러주며 조건 없이 기쁘게 맞이한다. 뭐든지 분별 짓는 어른의 세계에선 예린이 고모가 '넋 나간 년' '다 태울 년'이 되지만, 분별하지 않는 어린 것의 세계에선 가장 포근하고 너그럽고 즐거운 사람이다.

그런 고모가 오늘 슬금슬금 지워지고 있다. "사철 푸른 대나무처럼 살라고"(「개운죽 제금나다」) 개운죽을 선물한 고모, "끝끝내 내 쪽으로 잡아끌지 못"한 채 "와우교를 넘어 흐려져가는"(「작은고모」) 고모의 존재가 어느새 멀어져버렸다. 이 시절의 고모는 슬픈 존재이다. '나'는 고모가 아마 별이 되었을 거라고 짐작한다. 올망졸망 고모 곁을 따라다니던 것들도 함께 하늘로 올라갔을 거라고 여긴다. 고모가 험한 곳에 있더라도 더 아프지 말라고 '나'는 약손을 적셔 고수레한다. 화광동진 대자대비한 존재에게 영가(靈歌)를 올린다.

삶은 죽음을 불가능하게, 죽음은 삶을 불가능하게 한다. 화해 불가능하다. 하지만 삶이 있어 죽음이 있고, 죽음이 있기에 삶이 있다. 삶과 죽음은 조화롭다. 여일하다. 『순한 먼지들의 책방』에는 고모처럼 존재를 잃어가는 이들, 그리고 소수자들이 자주 등장하는데, 저마다 한세상 짓고 산다. 고모를 안듯 시인은 이들의 누운 자리와 고유한 생애를 가만히 보듬는다. 우리는 언젠가 사라지는 존재자, 이른바 필멸자(必滅者)이다. 숨 쉬는 동안만큼은 우리는 삶과 죽음이 화해한 자리에서 살아갈 수 있다. 「유성으로 떠서」가 우리에게

주는 믿음이다. 이는 "머물면서 사람들 남기고 가는 숨결과 손때와 놀람과 같은 것들"이 오래 쌓이면서 "우주도 본래 먼지로부터 팽창하고 있다"(「순한 먼지들의 책방」)는 생각으로 이어지는 믿음이다. 나아가 생을 영위하는 것들이 때에 이르러 다시 낱낱의 먼지로 돌아가는 우주의 순환을 경건히 수긍하는 믿음이기도 할 것이다.

『순한 먼지들의 책방』이 그리는 진풍경들을 접하면서, 우리 시가 이젠 죽음이라는 문제와 직접 대면할 수밖에 없는 때에 이르렀음을 홀연 깨닫는다. 이 시집에 나타나는 죽음의 양상은 매우 다양한데, 오래전 죽어 어슴푸레한 기억으로 살아 있는 이들, 지금과 가까운 때 죽어 생생하게 기억나는 이들이 있다. 아는 이인데 가까운 이에게서 얘기를 듣고 그의 죽음을 알게 된 일, 모르는 이들이지만 충분히 알 수 있는 이들의 죽음도 다루어진다. 내처 '나'의 죽음조차 상상하는 시도 있다.

때때로 서늘하고 쓸쓸하지만, 대개 고아하고 정갈하여 온기가 느껴진다. "하얀 스프레이" 자국으로 남은 어린 죽음 둘레에 생기 잃지 않은 "까르르" 웃음소리가 맴돈다(「입동」). 반세기 가까이 지나서야 "용기네 막둥이"의 죽음이 "황망한 날의 속울음"으로 다시 살아온다(「하꼿길」). 한때의 존재자가 살아 있는 '나'의 기억을 경유하여 '있음'을 지속하게 되는 것이다. 도로 가에 새끼 고양이 한마리 처참히 으스러져 있다. 하지만 "후텁지근한 거릴 바람이 이파리 물고 건너간다. 새끼 냥이라도 되는 것처럼 싸목싸목 궁뎅일 쳐들고" 건너간다(「바람이 궁뎅일 쳐들고」). 바람은 제 몸에 영(靈)을 싣고 새끼 고양이가 되어 활달하게 길 건너간다. 한때의 삶이 죽음에 이르러 다시 한 세계로 나간다. 저승 아닌 이 세계로 겹친다. 활기차게 업힌다.

통로가 없어 질금거리는 실개천을 두드리자
빨래 갔다 총 맞은 계집아이가 희끗희끗 웃는다.
어슴푸레 떠오른 달이 간질이면
말간 혼의 흰 뼈에도 부쩍 살이 돋겠지.

—「큰평전」 부분

'산사람'들 밥 먹이다가 통째로 불타 허물어진 집이 있다. 일흔해 넘도록 방치된 집터를 둘러보다 실개천 가에 쪼그리고 앉아 물을 두드린다. 어린 혼이 떠오른다. 초혼(招魂)이다. 달을 간질이면 "말간 혼의 흰 뼈에도 부쩍 살이 돋겠지" 싶다. 영(靈)에 육(肉)을 입혀 재생과 부활을 바라는 기도이다. "삭은 육신들이 서로 붙안고" 흐느끼다 "재가 된 가족들"이 몸을 얻어 재회하길 바라는 주문이다.

어릴 적 "대낮에도 발목까지" 휘감아오던 "하얀 저고리"를 어느새 잊었는데, 50년도 훌쩍 넘어 다시 나타난다. 안 되겠다 싶어 "우리 집에 가자"고 들쳐 업었더니 웬일로 가뿐하다. "그는 이제 여기서 나를 살고/나는 가서 그를 살게 되는" 듯하다(「하얀 저고리」). 귀(鬼)를 내 안에 들이고 이번엔 내가 귀(鬼)로 나가는 자리바꿈이다. 어느덧 시인은 샤먼을 넘본다. "죽음의 경험을 통해서 현존재는 자신의 가장 고유한 존재 가능성에 직면한다"*는 하이데거의 말에 빗댄다면, 정우영 시인은 죽음의 경험을 통해 자신의 가장 고유한 '시'를 맞이한다.

햇살, 독바우, 판소뭣등, 살구낭구, 토방 마루, 눈발, 결성향교 팽나무, 거둔사지 느티, 비름나물, 산죽, 당산골, 정짓간, 부석짝, 허청, 장독대, 시암터, 뚱간, 액막이, 뭇별들……. 시인의 고유한 내력이 담긴, 이번 시집의 낱말들이다. 낱말 하나하나가 고유한 정감을 일으킨다. 이 낱말들을 입안에 넣어 굴리면 저마다 서로 다른 인생의 굴곡과 사연들이 펼쳐진다. 웃고 울고 먹먹하고 쓸쓸하고 허망하고, 한편 마음 가지런해지기도 한다. 자연물들과 자연에 깃들여 오래 살아온 자리들, 그리고 죽어 남겨진 형체들이나 혼(魂)과 영(靈)을 담은 이 낱말들은 대체로 예스럽고 해지고 무딘 질감을 지닌다.

농촌조차도 도시의 외양을 띠고 생활환경 또한 도시와 별다르지 않은 지금, 이처럼 질박한 질감의 낱말들로 직조된 정우영의 시는 현 시절에 의도적으로 역행한다. 옛 시절로 거슬러 올라가 앞으로 있어야 할 미래의 실마리를 찾으

* 마르틴 하이데거 『존재와 시간』, 소광희 옮김, 경문사 1995, 357면.

려 하기 때문이다. 앞서 보았듯 이 시집에는 죽음을 삶의 화해자로 맞이하는 시들도 적지 않다. 이 아이러니들이 자연스럽다. 과거 속에서 미래를 찾고, 죽음에서 생명을 찾는 역설이 모더니즘의 본체라면, 현재의 역사적 긴장을 회피하지 않고 현실을 직시하는 자세가 리얼리즘의 본체이다. 오래전부터 정우영 시인은 리얼과 모던의 융합을 강조해왔다. 그는 바야흐로 청년과 이별하여 장년에 들어섰고, 생활의 나이로는 노년의 초입에 이르러 '시'로써, 그리고 '시인'으로서 한걸음 더 나아간다.

선달 열엿샛날 새벽, 참새보다 일찍 깨어 숨죽이고 세
상에서 제일 귀한 소리 기다린다. 언제나 들려올까, 딸의
바스락거림. 귀가 스멀스멀 기어가는 것 같다.

바람결조차 불안하던 팔십년대, 도망치다 숨어든 고라
니처럼 등 돌리고 웅츠려 가위눌리곤 했을 때. 안방에서
들려오던 당신의 기침 소린 그 무엇보다 든든한 종소리
같았다. 새날을 환히 열어젖히는. 은근, 창문에 여명이 물
들어오고 슬쩍, 바람이 스며들어 재재거렸다. 이순이 되
고 보니 알겠다. 당신도 실은 나처럼 가위눌리다 건넌방
아들 부스럭거리는 소리에 가슴 쓸어내렸음을.

한참 동안 찬 공기 세워두고

둔탁한 입김을 흩뿌리다
딸내미 깨어나는 뒤척임에 흐뭇해진다.
당신처럼 나도 막 눈떴다는 듯이
큼큼,
청신한 기침 문틈으로 내어보낸다.

—「찬 공기 세워두고」 전문

더 보탤 말은 없다. 아버지, 아버지의 아버지, 아버지의 아버지의 아버지의 아버지, 그리고 또 우리들의 모든 아버지들. 시간 저 너머의 세계를 건너 들려오는, 먼 곳에서 도착한 기침 소리가 귀에 쟁쟁하다.

蘇鍾旻 | 문학평론가

| 시인의 말 |

내가 나를 채워야 했을 때
선선히 자신을 비우고 덜어
내게 내어주신 분들.
종철이라는 이름의 선생님들.
김종철 선생님과 박종철 선생님의
도타움 속에서
이만큼이나마 영글었다.
나는 누구와 나눌까.
이 위태로운 지구에서.

2024년 2월

정우영